The Hunter Boy

Dedication:

It will seem strange that I dedicate this book to children who I do not know, but somehow identify with them. Children who have to work to help their families.Also dedicated to my family, my sons Alexander, Edwar and Cesya. To my grandchildren Joshua, Alexandra and David Alexander Jr.

Dedicatoria:

Te parecerá raro que dedique este libro a niños que no conozco, pero que de alguna manera me identifico con ellos. Son los niños que tienen que trabajar para ayudar a sus familias.Tambien se lo dedico a mi familia, mis hijos Alexander, Edwar y Cesya. A mis nietos Joshua, Alexandra y David Alexander Jr.

Appreciation:

I particularly thank Frank Morrison for all the support and patience on this journey. Nick Wilson thank you for all your cooperation. To my sisters for the support I received in my entire life. David Alexander Sandoval, my son for his motivation. Edwar Josue Sandoval, my son was always willing to help with translation. Wendy Dimas mother of my beloved grandchildren, Alexandra and Jr. thank you very much for your help in translating and proofreading the manuscripts.

Agradecimiento:

Particularmente agradezco a Frank Morrison por todo el apoyo y paciencia en el recorrido de este camino. Nick Wilson gracias por toda su colaboración. A mis hermanas por el soporte recibido en toda mi vida. David Alexander Sandoval, mi hijo por su motivación. Edwar Josue Sandoval, mi hijo siempre estuvo dispuesto a ayudar a traducción. Wendy Dimas madre de mis amados nietos, Alexandra y Jr. le agradezco mucho por su ayuda de traducción y revisión de los manuscritos.

Joseph is a kid who likes to explore and hunt for all kinds of animals to help his family.

Joseph es un niño explorador que caza todo tipo de animales para ayudar a su familia.

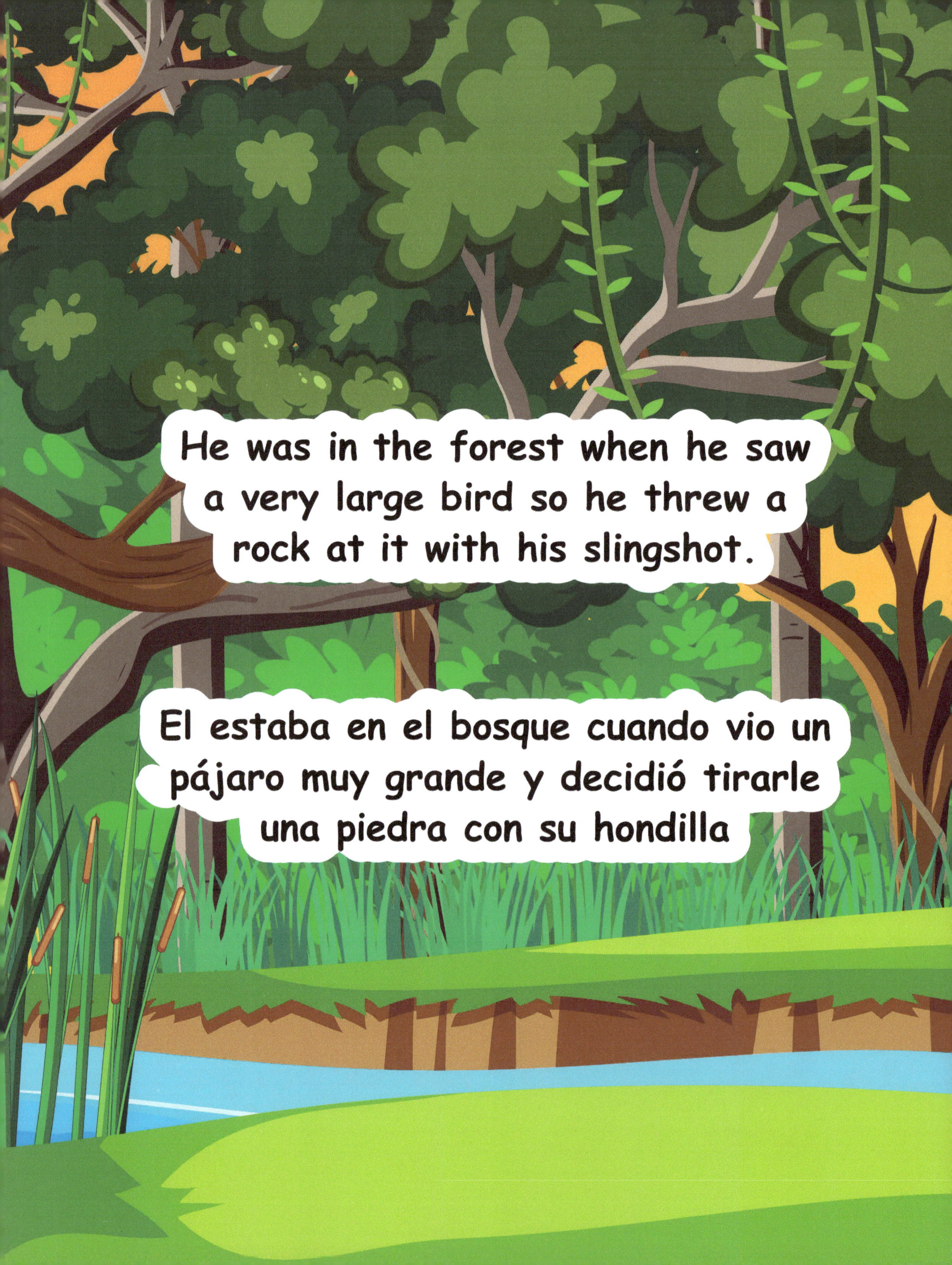

He was in the forest when he saw a very large bird so he threw a rock at it with his slingshot.
El estaba en el bosque cuando vio un pájaro muy grande y decidió tirarle una piedra con su hondilla

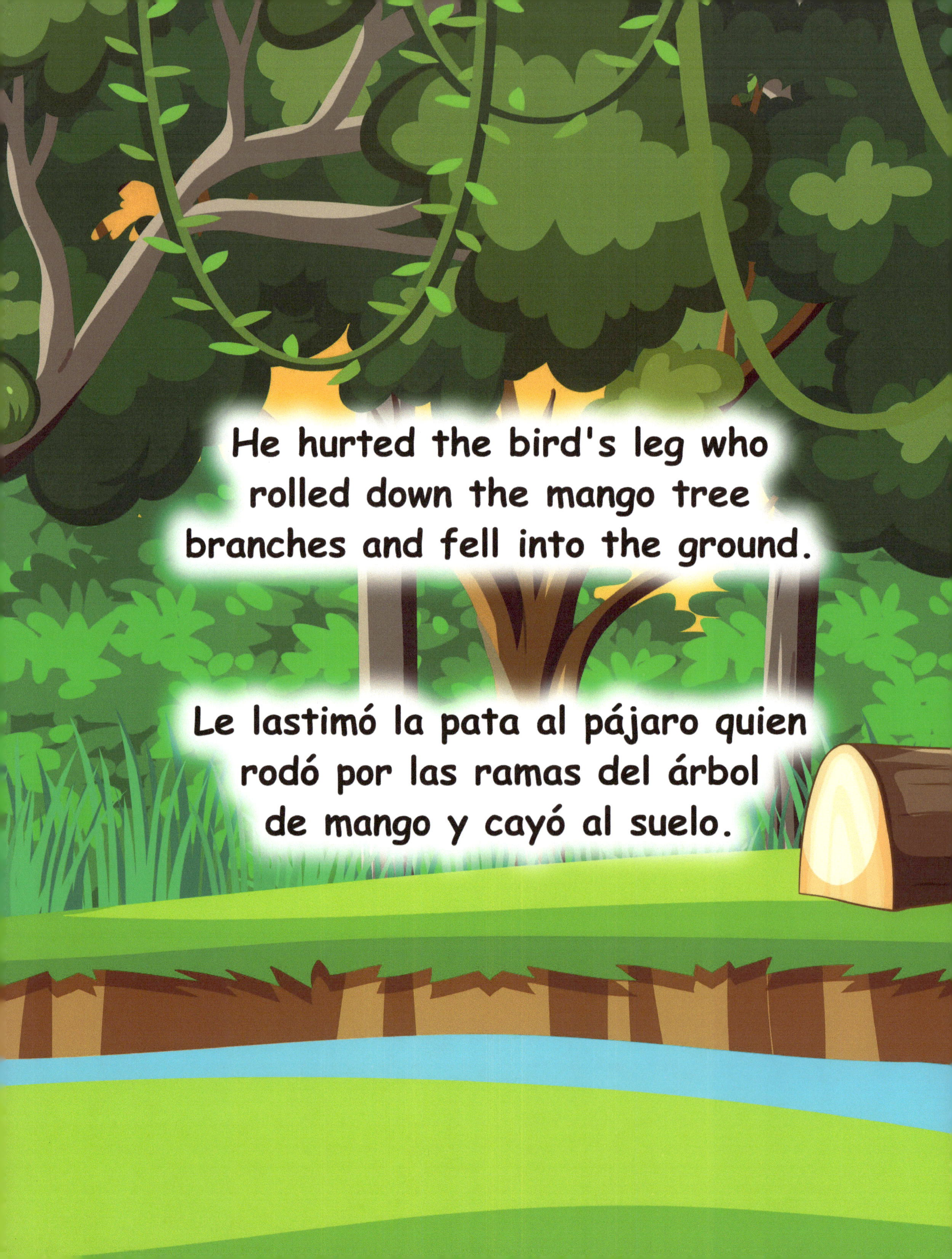

He hurted the bird's leg who rolled down the mango tree branches and fell into the ground.

Le lastimó la pata al pájaro quien rodó por las ramas del árbol de mango y cayó al suelo.

Joseph was very surprised
when he realized the
bird was an owl.

Joseph se sorprendió
mucho al ver que el
pájaro era un búho.

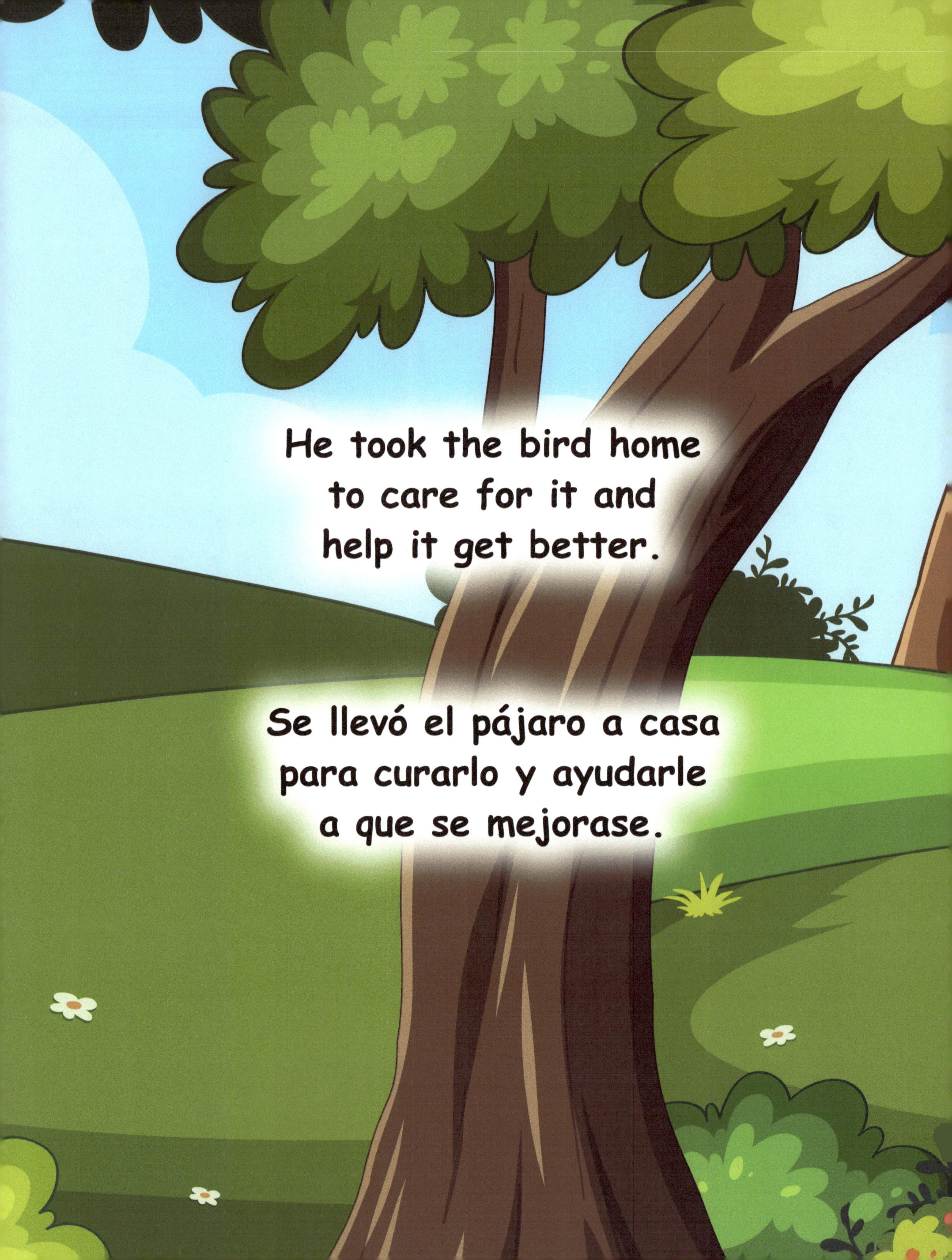

He took the bird home
to care for it and
help it get better.

Se llevó el pájaro a casa
para curarlo y ayudarle
a que se mejorase.

Chao and Chia were alone and scared because of the darkness and the storm.
Chao y Chía estaban solos y asustados por la oscuridad y la lluvia.

Joseph returned to the forest and heard a cry and so he realized the owl bird had baby birds and now they are alone and hungry and they wanted their mommy. Joseph, what did you do?

Joseph regresó al bosque y escuchó unos llantos y se dio cuenta que el búho tenía bebes y ahora están solos con hambre y quieren a su mama, Joseph que hicistes?

Joseph had an idea, he put the birds in his backpack and took them home with their mom so she could care for them.

Joseph tuvo la idea de ponerlos en su mochila y llevarlos a casa con su mamá para que ella los cuide.

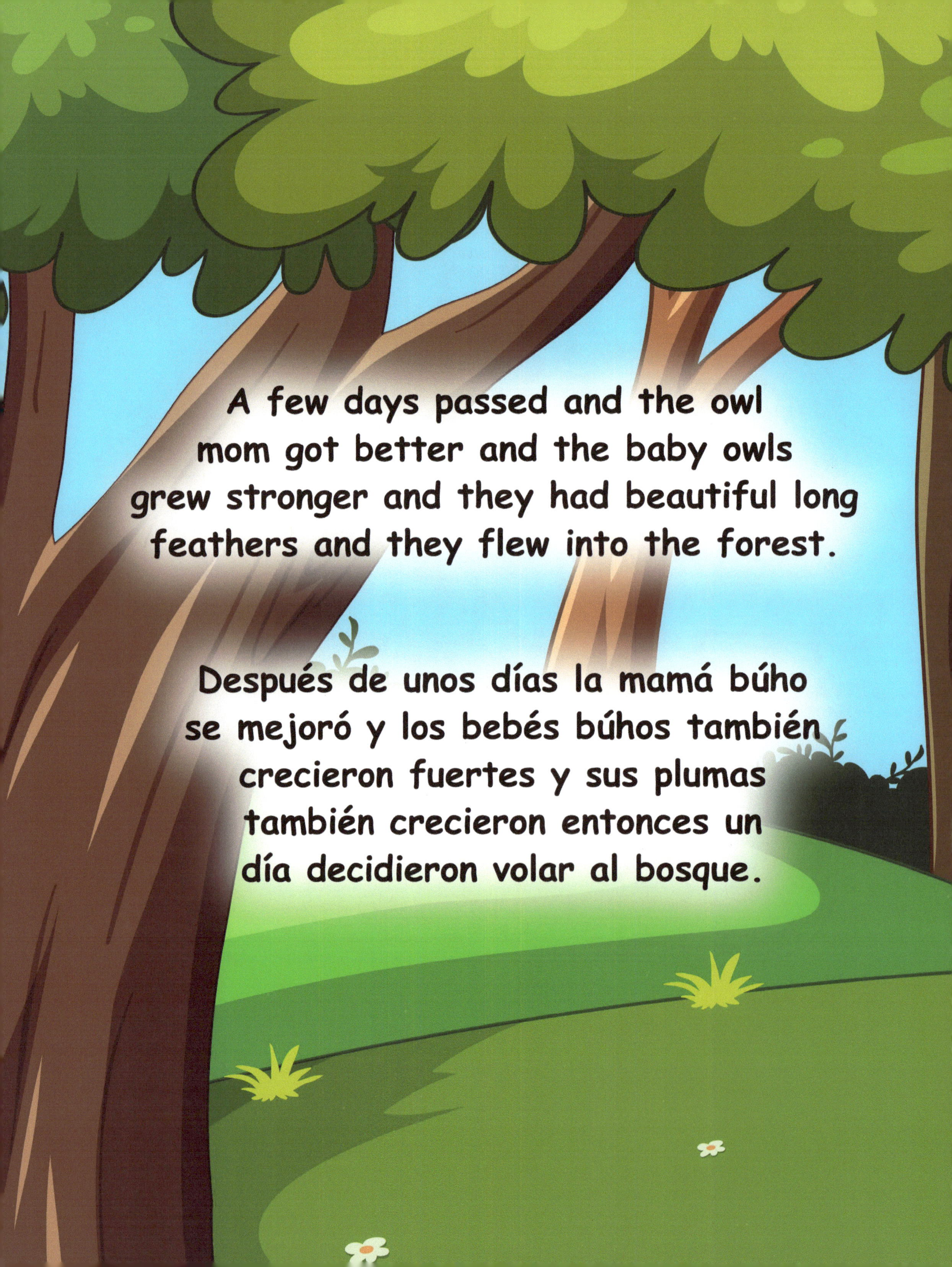

A few days passed and the owl
mom got better and the baby owls
grew stronger and they had beautiful long
feathers and they flew into the forest.

Después de unos días la mamá búho
se mejoró y los bebés búhos también
crecieron fuertes y sus plumas
también crecieron entonces un
día decidieron volar al bosque.

One day Joseph heard noises outside his house and he saw chao and chia and they were holding shiny rocks in their legs, what is that? Those are diamonds! He exclaimed.

Un día Joseph escuchó un ruido afuera, cuando salió vio que chao y chía estaban fuera y tenían unas pequeñas rocas en sus patitas, que es eso? Son diamantes!

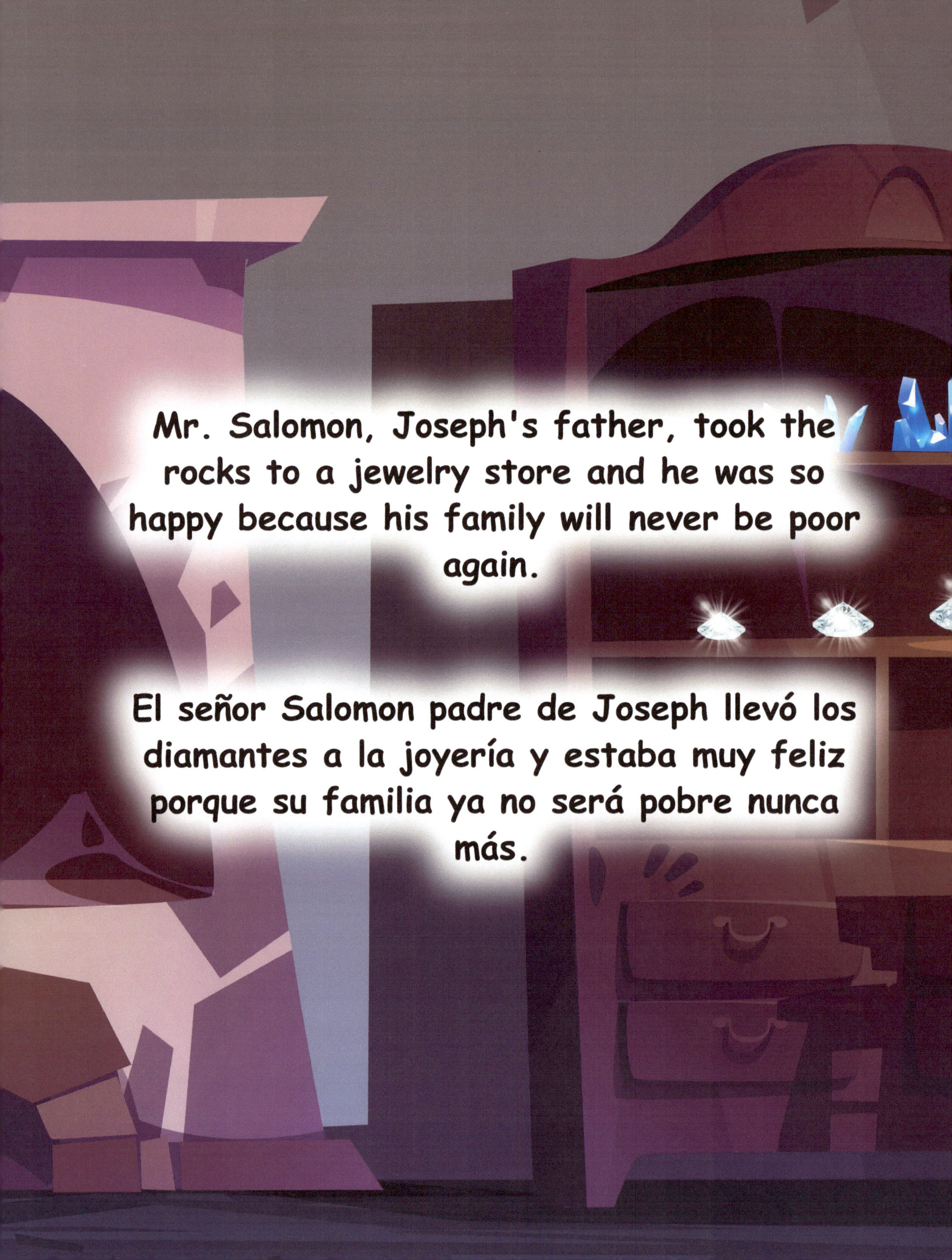

Mr. Salomon, Joseph's father, took the rocks to a jewelry store and he was so happy because his family will never be poor again.

El señor Salomon padre de Joseph llevó los diamantes a la joyería y estaba muy feliz porque su familia ya no será pobre nunca más.

Joseph and his family share what they have with those in need.

Joseph y su familia comparten lo que tienen con aquellos que tienen necesidad.

About The Author:

Dalila Aguilar was born in El Salvador and spent her childhood in her home country. In El Salvador, it is common for children to work to help their families. When it was harvest time to pick coffee, Dalila would accompany her mother Carlota Aguilar and her sisters to help. She loves teaching children. She currently lives in the USA in the state of Texas where she teaches special education children in a public school in AISD.

Sobre El Autor:

Dalila Aguilar, nacio en El Salvador, vivió su infancia en su país de origen. En El Salvador es común que los niños trabajen para ayudar a sus familias. Cuando era tiempo de la cosecha de recolectar café, Dalila acompañaba para ayudar a su madre Carlota Aguilar y sus hermanas. Le gusta mucho enseñar a los niños.
Actualmente vive en USA en el estado de Texas donde enseña a niños de educación especial en una escuela pública en AISD.